うつろひのおと

幡野 青鹿

はじめに

ここに収めたのは、古文や短歌に縁のなかった私が、自然を主題としてやまとことばだけで（音読みの言葉を使わずに）詠んだ二百首ほどのやまとうたです。

この本は、歌集として普通に読んで下さっても構いませんが、古文に馴染みのない人には特に（馴染みのある人にも勿論）、まず歌を朗読されることをお勧めします。

要領としては歌の内容や言葉の意味をあまり考えずに、五・七五・七七の間合いや言葉のリズム、音の流れ（この三つはことばが「舞いを舞う」上で大切な要素です）を意識する感じです。節を付ける必要はありません。声に出しにくい時は、心の中で読み上げるのも良いでしょう。

初めは、和歌独特の言葉使いや上代語（奈良時代の言葉）の響きに違和感を覚えるかも知れませんが、そんな時は少し時間を置いて、どこか知らない国の言葉のつもりで何度か読み上げてみて下さい。「この響き、悪くないな」と感じてきたら、もうあなたの耳はやまとうたの音の世界に片足を踏み入れている筈です。

さて、「あとがき」でも述べているように、私の歌は自然発生的に出来たもので、人に見せることを前提として作られていません。そのため、古語を多用していたり、掛詞や地名が入っていたり、一般の人には馴染みのうすい樹木や草花が出てきたりして、歌の本文だけ読んでも意味の解りにくい歌が少なからずあります（どうか、ここで本を閉じてしまわないで下さい）。

そうした歌を理解する為の手助けとして、巻末に註釈を収めました。「この歌はどんな意味だろう」と興味が沸いたら、ぜひ註釈で歌の内容を確かめてみて下さい。この本の歌は、現代語に直してみれば解釈や読み込みの必要のない、シンプルで易しい内容のものがほとんどです。

「註釈がないと解らないなんて、面倒くさい」、そうかも知れません。しかし、和歌は歌として始まった筈です。解りにくさや伝わりにくさを内包しながらも歌が歌われ受け継がれてきたのは、歌の持つ音楽性・呪詞性ゆえに他なりません。

旋律のない音の雨をどのように感じるかは、あなた次第です。どうぞ、ことばが持つもうひとつの世界の扉を開いてみて下さい。

・作歌期間はおおむね二〇一一年から二〇一三年にかけて。歌を詠み始めてから歌集の編集を始めるまでの間の、ほぼ全ての歌を収めた。

・歌の本文及び註釈中の月名の表記について
原則として和名（弥生など）表記のものは陰暦の月を、漢数字表記のものは新暦の月を表す。例えば歌に「葉月」とあれば、それは陰暦八月（新暦の概ね九月前後）の風景を詠んだものであり、「皐月雨《さみだれ》」とは皐月の雨、つまり梅雨のことを指す。

・旧仮名遣いの表記と発音について
旧仮名遣いでは、「ん」の音が「む」の文字で（「見ん」→「見む」、「咲くらん」→「咲くらむ」など）、「わ」や「あ行」の音が「は行」の文字で（「匂《にお》う」→「匂《にほ》ふ」、「巌《いわお》」→「巌《いはほ》」など）、それぞれ表記されるケース等がある。

また、旧仮名遣いとして一般的に「あ段＋う段」で表記される一部の言葉については、実際の読みに近い「お段＋う段」の形で表記した（「たゆとふ」、「焙ぜまごふ」、「伯耆《ほうき》」、「河内《こふち》」など）。

・歌の本文及び註釈中の、西中国山地における山や谷の名称については、桑原良敏著『西中国山地』（溪水社）を参考にした。

目次

章の分け方について

この歌集は三つの章に分かれています。章の分け方は以下の通り。

第一章「うつろひのおと」

病のリハビリに自宅周辺（広島市東区戸坂《へさか》）を歩く中で出逢った風景を詠んだ歌。主な舞台は山の麓の小径や林、神社や公園など。なお瀬戸内の島々を詠んだものなど一部の歌は、第二章「たたなづく声」と同様過去形の「偲び歌」だが、風土の違いを考慮してこちら側に収めた。

第二章「たたなづく声」

病を得た後に、かつて足繁く通った奥山の風景を偲んで詠んだ、「望郷」ならぬ「望山河」の歌。主な舞台は西中国山地及び雲南・備北の山々。

第三章「地を這ふ鳥の歌」

病を得てからの日々の心と、遠い山川への思いを詠んだ歌。

この歌を
我が恋ふる
山川に捧ぐ

青鹿

第一章

うつろひのおと

雨つむぎ山霧まとふ山の尾のうすき衣を風なさらひそ

春の野に風回《もとほ》ればうつくしき姫豌豆《ひめゑんどう》の花の舞ひ立つ

草陰にやさしく虫の鈴鳴ればの日のかげ恋《こ》ふる野辺《のへ》の秋かも

地《つち》暗き常磐《ときは》つ森の葉隠れに春の立つ見ゆ樒《しきみ》の花も

木《こ》の先の果てなき空をあはれぶや高みを指して藤の咲きゆく

夕かげの木末《こぬれ》に残る黄葉《もみぢば》の風に震へて秋は去《い》にけり

春の陽のきらら瞬《またた》く海原《うなはら》に散りぬる花のなほ舞ひあそぶ

草そよぐ風の廻《めぐ》りに香《か》ぐはしき薔薇《ばら》か咲くなる野辺《のへ》の何処《いづへ》に

しの降ればば社《やしろ》へ行《ゆ》かむ椎の木の故《ふ》りにし幹の苔と語らはむ

夏ひらく花火か細《ほそ》し豌豆《ゑんどう》の野に焙《は》ぜまごふ音の止《や》まぬも

春浅み山の面《おもて》に影およぐ雲の速さに風は冬色

青き実の落つより他に音もなし小糠《こぬか》ぬ雨の今日し梅雨入《つゆい》る

ひかり曳《ひ》く朝《あした》に遠くうぐひすの鳴く山見れば緑のこだま

小春陽の傾《かた》差《さ》す島の岩の上《へ》の紅《くれな》う蔦に石蕗《つはぶき》咲くも

北風よいたくな吹きそ紅葉《もみぢば》の燃ゆる命をいまひと目見む

雲間なる三日の月におかへりと言へば葉月のむらさきの空

十六夜《いざよひ》の月かげ明き山の辺に尻深樫《しりぶかがし》の咲くやほの香《か》に

み社《やしろ》の椎の梢を掻《か》き鳴らし冬のなごりの風吹き果てぬ

烏帽子岩振り立ち見れば夜叉五倍子《やしゃぶし》の萌え立つ緑春そめにけり

棚曇《たなぐも》る野辺《のへ》の繁みのたんぽぽの玉の白穂《しらほ》のそっと風待つ

室積《むろづみ》の鼓ヶ浦《つつみ》に打ち寄する姫つ島より越ゆる波かも

春長《た》けて黒き木末《こぬれ》の萌え出《い》づる狐瓜木《くるめぎ》の尾に黄金《くがね》花咲く

明けぬれば小夜《さよ》の小雨に土薫り楓《かへで》の花に露の光れり

黒森に黄金《くがね》しろかね飾り立て毛並みつややに芽吹《めふ》く白だも

はららかに柳揺らして川面《かはも》ゆく弥生の風の色の白さよ

雲隠《くもがく》る日かげ仄《ほの》めきさし来れば黒き山尾の鈍《にび》に白《しら》めく

春薫る地《つち》に屈《さが》みて緋榊《ひさかき》のうつむき咲ける花かざし見む

島の山ゆ日の傾《かたぶ》きて見晴らせば凪《なぎ》ぬ海面《つなも》の燃ゆる白銀《しろかね》

雨籠《あまごも》る木末《こぬれ》の間より止《や》み出《い》でてあそぶ雀の声の明るさ

島の山にひとり残れる山桃の妻恋《つまご》ひ歌を何処《いづく》へ届けむ

十三夜月も零《こぼ》るるうす衣《ぎぬ》の虹に織りなす雲の袖かも

姫烏頭《ひめうづ》の群れ咲く垣の石温《ぬる》み雉の鳴くなる山の辺にして

山おろす風をいぶせみ道の上《へ》の櫨《はぜ》の火群《ほむら》に心かざさむ

川鷺の川面《かはも》を渡るかげ細く音もさらに川瀬光るも

冬籠《ふゆごも》る山面の茜《あかね》立つなへに椎の木末《こぬれ》の黒さ増さるも

ほの暗き林に木洩《こも》る陽のさせば萌ゆる榊《さかき》のともしび明き

空青み年の初めの和《な》ぐる海《み》の島の柞《ははそ》は紅々《あかあか》きかも

白雲のあまねく空に湿《しめ》わたり木末《こぬれ》のかげに鳩籠《こも》り鳴く

地《つち》歩むかまきりの緑《あを》踏み除《よ》けて縺《もつ》れに歩む秋し嬉しも

山散らす雨のしぐれのうち過ぎて東の空に虹の立つ見ゆ

森の端《は》の小風にそよぐ柔らかき藤の若葉は誰《たれ》をか誘はむ

河原辺《かはらへ》に摘む桑の実に袖染めし夏は去《い》にけり移ろはなくに

花洗ふ雨の小止《こや》みに出《い》で見れば山の面《おもて》は微笑《ほほゑ》みにけり

猫通《かよ》ふ島の細道《ほそぢ》の高垣の三葉《みつば》木通《あけび》のくれなゐの花

夕月夜《ゆふづくよ》雲な隠《かく》りそ今日だにも名残りの藤は明朝《あした》散りなむ

積み畑の鹿島の浦の沖つ風雲群《くむら》払はね波入《い》る日見む

山笑ふみどり目映《まは》ゆき木《こ》の下に姫山つつじ秘めやかに咲く

精《あべまき》の萌ゆる梢を仰見れば空冴えわたり星と煌《きら》めく

厳島須屋の浦べを人遠み常磐木《ときはぎ》高く神《かむ》さびて立つ

熊蜂の群れの紛《まが》ひのあかしあの花むら白くそよ風に揺《ゆ》る

岩の目に咲ける苦菜《にがな》に幸《さく》あらむ高くかざせよその愛《は》しき花

鳥恋《こ》ふる天《あめ》の涙の流らへば霧《き》らふ山面《やまも》にほとどぎす鳴く

嵐去り流るる雲の雲間より陽のさし来れば尾花《をばな》光るも

風叩く島の山より海見れば筏《いかだ》が並《な》みに縹波《はなだなみ》寄す

夕さればあの山並みの山の端《は》の弧《こ》を弓にして星ひとつ得《え》な

梅が枝《え》にあそぶ目白の飛び去ればかげの揺らいでいや静かなり

淡紅《ほのあか》き頬を寄せたる乙女らよ密《ひそ》みに咲ける山橘《やまたちばな》は

風通《かよ》ふ椎の木末《こぬれ》のみどり分け遥けき空に黄金《くがね》の日入《い》る

雨設《ま》けて蛙《かはづ》の騒く早苗田《さなへだ》に天《あめ》の雲より水のさり来る

故郷《ふるさと》の社《やしろ》の石に佇《たたず》みて仰げる楠に望むことなし

凪《な》ぎわたる海島蒼《あを》く天《あめ》つ日のひかり頂き瀬戸の国晴《は》る

雨休み霧のたなびく山の辺に日の暮れゆけば栗の香《か》の立つ

緑井の宇那木《うなき》に小降《さふ》る皐月雨《さみだれ》の色を映して匂へ白灰《しろばひ》

春の陽はうらうら優しさやさやと梢ささやく声また優し

山の端《は》に天《あめ》の照る日の燃え落ちて夕星《ゆふづつ》はるか褐色《かちいろ》の空

岩の上《へ》の榎が梢空高くかざせる姿祈りにも似て

狐瓜木《くるめぎ》の社《やしろ》の岡に楠萌えて空澄みゆけば厳島見ゆ

風睡《ねむ》り木末《こぬれ》洩れ来る白色《しらいろ》のひかりのなかに蝶ふたり舞ふ

春の虫歌のかそけきこの夕べおぼろに渡る月も愛《かな》しも

嵐過ぎ真白き雲が波立てて切り断つ空の　空の深さよ

室浜《むろはま》の汀《みぎは》に光るささ波の水靡《なび》かせてたをやかに寄す

月籠《つごも》りに咲けるも哀し月見草月の背向《そが》ひに咲けるは哀し

ほととぎす山の面《おもて》に鳴くなるはいづへの谷に合歓《ねぶ》の花咲く

野辺《のへ》に舞ふ花ひとひらに振り見れば風の手元《たもと》に芥子《けし》のひと群《むら》

ひらかに野辺に舞ひ降る初雪よ風にな靡《なび》きすがた真《ま》に見む

厳島御床《みとこ》の浦を里遠み群れ率《ゐ》る鹿の我《わ》を睨み立つ

霞立つ山に入《い》る日の花誘ひ淡《うす》くれなゐに空染めにけり

蝉しぐれ定家葛《ていかかずら》の咲く垣の黒きみどりは高き日に照る

霞立つ瀬戸の光ぬのどけさよ李《すもも》の匂ふ淡き島かげ

雲めいて光たゆとふ秋の野の白くれなゐの犬蓼《いぬたで》の花

冬されば紅《くれなゐ》むすぶ荊《かたらばな》花後《のち》にも逢はむと語らひて行《ゆ》く

雲高く蝉の紛《まが》ひの真照《まて》る野に秋ひらく風澄みわたり来る

綿雲《わたくも》の夢とかざせる夕空に飛行機《かねとり》渡るかげの遥けさ

鳴きはぐれ尽きぬる蝉の手向《たむ》け花《ばな》葛むらさきの雨降らせけり

夕冷《ゆふひ》えの冴ゆるみ空に日は入《い》りて槻《つき》の木末《こぬれ》に白銀《しろかね》の月

振り仰ぐ山の面《おもて》に影曳けば声たなびかせ蜩《ひぐらし》の鳴く

室積《むろづみ》の荒磯《ありそ》の岩に去年《こぞ》見てし浜昼顔は今もか咲くらむ

振り仰ぐ常磐《ときは》の山の小春陽にひとり匂ふは山桜かも

谷底のみどりも黒き木《こ》の陰にくれなゐ燃えて水引《みづひき》の咲く

月籠《つごも》りの雨の紛《まが》ひの雲間より陽の照り来れば初蝉の鳴く

冬ゆけど木かげに結ぶ山菅《やますげ》の円《つぶ》らき瑠璃の実な移ろひそ

千色《ちいろ》顕《た》つ山の木末《こぬれ》にひかり満ち命あまねく萌ゆる今日かも

第二章　たたなづく声

さ霧立つ朝《あした》にひとり逍遥《さまよ》へば道なき森に吹く風は青

枯れ色の陽だまる森に色添へてかたばみ咲けり慎《つつ》ましやかに

黒床に花散り敷いて谷川の風のしぐさを伝へ舞ひつつ

この里は美《うま》しと問はばさようとの稲波わたる風の清《さや》けさ

瀬はやさし河鹿《かじか》に眼《まなこ》つむり居て叶《かな》はば時の停《と》まらむことを

奥山に秋の立つらし沢落つる濡れにし栃の艶《つや》の冷たさ

伯耆《ほうき》なる剣ヶ峰《つるぎ》に振り立てば八雲な立ちそ八国見《やくにみ》もせむ

たたなづく緑を分けて啄木鳥《きつつき》の遠く打つなる森の深さも

炭焼きの絶えにし沢に西陽さし梓《あづさ》群れ立つかげの目映《まは》ゆさ

山響《とよ》む赤翡翠《あかしょうびん》の妻問《つまど》ひに真似《まね》て返せば止《や》むことそなき

去年《こぞ》見てし滝の芽生えは果つれども見初《みそ》めし我は汝《な》を忘るまじ

頂《いただき》の巌《いはほ》の上の秋空に包まれて居《ゐ》る孤独《ひとり》の幸せ

冬晴れのいささ風にもそよごらし雪の石峰《いはね》にくれなゐの映《は》ゆ

大谷《おほだに》の滝の岩廻《いはみ》の山ちさのむらさき儚《はかな》人な知らえそ

群山《むらやま》に匂辛夷《にほひこぶし》の羊らが籠《こも》り出《い》で来て群れ啼《な》きにけり

高峰《たかね》より遥かに見ゆる空の端《は》の白に襲《かさ》ぬる栂《つが》の緑も

石走《いはばし》る垂水《たるみ》垂水を越え来ればば引き摘む瑞《みづ》の重さたのしき

うす陽《び》さし黄葉《もみぢ》降り敷く古道に風身じろげば虫のかそけさ

我ひとり故《ふ》りにし森にひとり来て故りにし森のその歌を聞く

天霧《あまきり》らふ天杉《あますぎ》が枝《え》のしだり枝は赤銅《あかがね》さびて地《つち》に生《お》ひ立つ

梢高き森踏み分けて頂《いただき》の柏林《かしはばやし》の風の大きさ

春告ぐる黄金《くがね》の鐘をうちがくら高野《こうや》水木《みづき》の谷染めあげて

撫子《なでしこ》の咲ける山野の蜻蛉風《あきつかぜ》さり来る秋にきそひて染まれ

高々と鍛冶屋の跡に杉生《お》ひて垣の草蘇鉄《こごみ》を摘む人のなく

胡桃《くるみ》長《た》つ沢踏み分けて辿《たど》りしかば水の初めは森より出《い》でぬ

憂《うれ》ひなきひかり湛《たた》へし穴熊の円《つぶ》らき眼《まなこ》森を深みと

山わたる風恋《こ》ふるかも高つ尾に蜻蛉《あきつ》のひとり我《わ》に向かひ舞ふ

ぶな萌ゆる真広き森に霧立てばみどりの海の深さ果てなき

谷川に消残《けのこ》る雪よ道開けね黄蓮《をうれん》の花我を待つらむ

月の輪の熊の籠《こも》りし磐穴《いはあな》の主《あるじ》は絶えて森は残れり

野冠《のかづき》の社《やしろ》に在《いま》すかごの木につみて行《ゆ》きしか河内青垣《こふちあをがき》

源《みなもと》の小さき沢の沢中の白うつくしき山葵《わさび》の花も

国越ゆる故《ふ》りにし道の中に立ちあぢさゐ咲けり青も涼やに

岩の尾の廻《めぐ》りも落ちず百鳥《ももとり》の山響《とよ》ませてさはに鳴く音《ね》も

谷川の雪解《ゆきげ》の水に激《たぎ》つ瀬のうす翠《みどり》して匂ふ衣《きぬ》もが

大滝《おほだき》の奥隠《こも》り居《ゐ》る古垣の八重むす苔の石の閑《しづ》けさ

源《みなもと》の流れ清《さや》けみ染みしかも滝のそばなの淡《うす》むらさきは

静かなるみどりの森に休み居て眼《まなこ》開けば森のみどりも

深山尾《みやまを》に梢かざして小豆梨《あづきなし》くれなゐの星空に散りばむ

秋風の尾花《をばな》が波をうつつきの隈《くま》なき空に浮雲はるか

この森の真幸《まさき》くあれば山つ瀬のささめく歌はいやとこしへに

国分かつ故《ふ》りにし道の道の果《は》の故りにしぶなの山刀目掠《なためかす》れり

ふたたびは秋のこの日は来ぬものを山に真向かひ我は動かず

高峰原《たかねはら》夏風吹けば笹百合《ささゆり》の千重《ちへ》に撓《しな》ひて白波騒く

川面《かはも》さす花の匂ひに川淵《かはふち》の翠《みどり》は冴えて岩の白さも

夏立てば道後《どうご》の峰に楢萌えて空に出《い》で立つ白雲の峰

谷分けてこの山深《やまふか》へきつりふね我は手折《たを》らじ熊の子がため

岸つつじ咲ける岸辺の炭窯《すみがま》の石は語らず河鹿《かじか》鳴きつつ

山萌ゆるぶなの木末《こぬれ》の淡き日に地《つち》の堅香子《かたかご》咲き誇れいま

大谷《おほだに》の巌《いはほ》の苔の羨《とも》しさよ我が還《かへ》るべき森のあらなく

たをやかに舞ふ乙女かも虎の尾の暗き林に咲ける白さは

木《こ》のかげに小萼空木《こがくうつぎ》の白映えて谷麗《うるは》しき月は来にけり

比婆《ひば》の奥《く》の猿政が瀬の草枕ほたる群れ舞ふ夕べ今もが

山百合《やまゆり》の咲ける山道《やまぢ》にひとり来て山鳥跳《は》ねてまたひとりなり

百鳥《ももとり》のさざめく森をひろみ川《がは》ささめく瀬々《せぜ》のここだ清《さや》けき

春山の光やさしき木《こ》の下に春蘭《しゅんらん》咲ける色もやさしも

山深み時じく陰る谷川の林に白く木天蓼《またたび》の照る

山ほとの繁み分け入り産道《うぶみち》の谷を辿《たど》れば天《あめ》の高原

名美《なぐは》しき南桑《なぐは》の里に呼び立てて南桑河鹿《かじか》の鳴くは愛《かな》しき

深山尾《みやまを》に夜の明け来れば筒鳥《つつどり》のさ霧を分けてひとり鳴きつつ

山つ瀬の音の清《さや》けき草枕この山陰《やまかげ》に月影もがも

夏山の蒼《あを》に白《しら》咲《さ》く夏椿日は暮れゆけどなつかしみ居《を》り

雲紛《まが》ふ山野に咲ける夕菅《ゆふすげ》は吹きすさべども撓《しな》やかに立つ

神無月《かんなづ》く山の風にもひえずばら山の黄葉《もみぢ》のい照り映《は》ゆれば

磐《いは》おひて流れに指せる石楠花《しゃくなげ》の片袖花《かたそでばな》を滝な濡らしそ

奥山の鬼の城なす岩屋戸《いはやど》の八重敷く地《つち》のふる黄葉《もみぢ》かも

奥山の直《す》ぐしき楢に寄り立てて蔓あぢさゐの高く飾るも

皐月雨《さみだれ》に苔の潤《うるほ》ふ谷川の古田の垣に雪の下咲く

山原の風のあそびに紫の山らっきょうの花さはに揺《ゆ》る

白妙《しろたへ》の山の乙女の衣《きぬ》ならで緑に遠くつみの花見ゆ

栃の木を抱《いだ》ける我を山抱くその青垣《あをがき》を青空抱《いだ》くも

第三章　地を這ふ鳥の歌

またか見む石峰《いはね》に咲ける燈台《どうだん》の夢にしあらばその紅《くれなゐ》を

山風の里にもいたく吹きされば宇賀の槻群《つきむら》今日か散るらむ

この身にや来《こ》む世のあらば教へなむいつか逝《ゆ》きなむ山また行《ゆ》かむ

激《たぎ》つ瀬を越えてい行《ゆ》かむ石なくも立つ瀬のあらば越えてい行かむ

皐月雨《さみだれ》に深山《みやま》の谷の川淵《かはふち》のよどまぬ翠《みどり》我が心もが

ゆらゆらかに芥子《けし》の舞ひ散る春の日に我も逝きしかひとり静かに

山萌ゆるひかり心に刻みてむこの身の明日を我知らなくに

岩船が岳《たき》にみどりの軒忍《のきしのぶ》遠き山道《やまぢ》を偲《しの》ひ臥《ふ》す我

命断つは今は送らむ秋顕《た》たば金木犀《きんもくせい》の匂ひ立ちなむ

夢はるか風に破れて羽根もなきこの翼もて高く舞ふ日を

身の細り糸なす我に寄り逢へる糸の蜻蛉《あきつ》のくれなゐの色

ことも無くあれども無きが如き身に宿る心を誰《たれ》か知るらむ

散りぬべきこの身に遺る魂《こころ》あらば花散る今日の風にこそ舞へ

秋立てば雁草《かりがねそう》の翼もて彼方《かなた》つ谷をひと日巡らな

櫨《はぜ》ひとつ椎の林に紅《べに》をさす森を歩けぬ暮らし幾季《いくとせ》

険《さが》しくも三倉が岳《たき》の檜なれその石根《いはね》生《お》ひ揺るぎなき如《ごと》

通院の窓より薫る青草を胸いっぱいに命吸い込む

わが思ひ谷にとどろく滝となれ身は激《たぎ》つ瀬の波に散るとも

空の下《もと》立てぬこの身で野を歩み双掌《ふたて》を合はせ風を頂く

病得て黄蓮華升麻《きれんげしょうま》咲く谷の繁《くろ》きみどりを瞼《まぶた》離さず

うつせみの惜しくはあらね魂《たま》去らば山渡りゆく風になりなむ

悲しみのこの涙もて磐《いは》に向かひ夢を穿《うが》たむ命の限り

手《た》折《を》られし椿ひと花天《そら》向いて我が床の辺《へ》にもの言はず咲く

願はくは山の清水のひとしづく終《しま》ふこの身に掛け与へなむ

黄金《くがね》なすこの夕空を見しものを短きいのち我嘆《な》かめやも

吾《われ》亦《も》紅《こう》今か咲くらむ心あらば病《や》み臥《ふ》す我の夢にこそ咲け

身を痛み寝らえぬ我をほととぎすゆめ憐れぶないや夜《よ》哀《かな》しも

嵐なる今日の旅路をいざ行《ゆ》かむ清《さや》けき月夜《つくよ》明日に夢見て

切り株の小さき芽生えに屈《さが》み居て小さき命じっとじっと見る

我が立てる空の真上の真空《まそら》向け思ひ放てば空の広さよ

椎の実も拾へぬ身もて日を累《かさ》ね今この秋に逢へる幸《さいはひ》

太田川岸ゆく水に源《みなもと》の黄葉《もみぢ》を問へば鳴けど答へず

廻《めぐ》るべき命散らさむ我が恋《こ》ふる森行《ゆ》きめぐる夢し叶《かな》はば

地《つち》に墜《お》ち飛ぶべき羽の失へば地に生《お》ひ立ち花を結ばむ

山並みのそのまた奥の雪山を心うかべて待たな春べを

世を離《さか》り夢なる身もてなほも在《あ》れ見るべき夢のいや増せばこそ

絶ゆる身の何か絶《あぜ》えせむ野辺《のへ》に咲く小さき花に寄する思ひを

うつせみのこの身終《しま》はば呼子鳥《よぶこどり》我呼び帰せ山のまほらに

深山《みやま》なる一人《ひとり》静《しづか》の静やかに散りゆく春を誰《たれ》か止《や》むべき

ひかり無き闇なればこそひかり顕《た》つ夜《よ》が闇を行《ゆ》けひかりを指して

生きものの命頂き生ける身の我が遺す実は清《さや》けかりこそ

やはらかに楢の木末《こぬれ》の萌えわたる山の錦は夢のみにして

語るべき声失へばたたなづく山のかなたへ届けこの歌

ひとひらのたまの露こそ愛《かな》しけれ空を映して空に果てなむ

註釈

註釈のはじめに

この註釈では、全ての歌に全訳を付けることは敢えてしていません。韻文である歌は散文に直すことで、本来持っているしらべや力などが損なわれてしまうことがあるからです。そのため古語を少ししか用いてない歌は、単語や語句を部分的に抜き出して現代語に訳しています。一方で、掛詞など構造の解りにくい歌や古語を多く用いた歌などは、「歌意」として全訳を付けています。

・註釈本文中の歌の番号表記について
歌の番号は「その歌のページ数」と、「ページの中でのその歌の配置」とで表記しています。例えば歌番号が「14上」であれば、それは14ページ右側（一番め）の歌についての説明です。同様に歌番号が「15下」であれば、それは15ページ左側（三番め）の歌についての説明です。

・この註釈における各項目の内容は以下の通り。

一．詞書《ことばがき》—いつ、どこの風景を詠んだものか、などの説明
二．歌意—歌全体の口語訳
三．背景—歌の背景となっている事柄などの説明。主に樹木や草花の特性などの解説
四．掛詞《かけことば》—掛詞（音が同じで意味の異なる二つの言葉を掛けた語句）の説明
五．古語—古語の意味や、古語を含む語句の口語訳
六．造語—作者による造語の説明
七．語句—その他の語句の説明など

なお、一部の歌意及び古語の訳については、歌の内容に添った意訳的なものであり、全ての訳が逐語訳的なものではないことをお断りしておきます。

この歌集で用いている古語の表現は、古語辞典も充分に見られない中で万葉歌の表現から習い覚えたものです。明らかな誤用などがあればご指摘下さい。

なお一部の歌については、連体形による結び（「雉の鳴くなる」、「ここだ清けき」、「水のさり来る」など）や、古文の文法よりも語調や音感の調和を優先した現代語の表現（「〜こそひかり顕つ」、「きそひて染まれ」、「木末洩れ来る」など）となっています。

古文一口メモ

この歌集で多用している古語の用法を以下にまとめました。註釈と併せて参考にして下さい。

A. 詠嘆の「も」、「かも」、「にけり」――文末などに付いていずれも詠嘆の意を表す。口語訳すると「…よ」、「…なぁ」などとなるが、無理に訳そうとせず原語の響きを感じて下さい。なお「かも」には「…だろうか」の意味もある。

B. 「**な**吹き**そ**」――口語訳は「吹か**ないでおくれ**」。なお「そ」が無くても（な吹き）、同じ意味。

C. 「森**を**広**み**」――口語訳は「森**が**広**いので**」。なお「を」が無くても（森広み）、意味は同じ。

D. 「立たば」と「立てば」――「立たば」（未然形＋ば）は「もし立つなら」、「立てば」（已然形＋ば）は「立つと」、「立つので」の意。

E．「行かむ」、「見む」――「む」（発音は「ん」）には意志（行こう）と推量（見るだろう）の二つの意味がある。

F．「今日か散るらむ」――口語訳は「今日散っているだろうか」。疑問を表す「か」が文末ではなく、係助詞として文中にある。

G．過去・完了の「見し」、「故りにし」、「散りぬる」――意味は「見た」、「古くなった」、「散ってしまった」。

H．「沖つ風」、「梅が枝」――意味は「沖の風」、「梅の枝」。

I．「鳴くは」、「咲けるは」――「動詞などの連体形＋は」で「鳴くのは」、「咲いているのは」の意味。

J．「匂ふ」と「木末《こぬれ》」――「匂ふ」には現代語と同様「香り立つ」の意味もあるが、古語では「色が映える」、「色付く、染まる」の意で用いられることが多い。「木末」は木の末《うれ》、梢のこと。

K．現在の状態を表す「咲けり」――「咲く」の已然形「咲け」＋助動詞の「り」で、意味は「咲いている」。「咲ける」は連体形で、「逢へる」、「かざせる」も同様。活用の違いで、文が切れている（終止形）か、続いている（連体形）かを判断できることが多い。

L．上二段・下二段動詞の活用――現代語の「萌える」、「見える」の終止形は、古語では「萌ゆ」、「見ゆ」となる。連体形は「萌ゆる」、「見ゆる」。「映ゆ」、「揺る」なども下二段動詞の終止形。

M．四つの「かげ」――①光、光の当たっている部分。②像、すがた。③陰《かげ》。山陰、木陰など。④影。

第一章　うつろひのおと

10上・歌意―山の尾が雨を紡いで織った山霧という
　薄い衣を風よ、さらわないでおくれ。
　造語―山の尾＝麓から見上げる山体、山体の
　麓に近い部分。
10中・古語―風回ればうつくしき＝風が行き来する
　と、可憐な。
10下・語句―日のかげ恋ふる＝日の光が恋しくなる。
11上・詞書―三月、季節感の少ない常緑林で目立た
　ない樒の花を遠く見つける。
　語句―春の立つ見ゆ＝春の立つのが見える。
11中・詞書―四月、山藤咲く。
　古語―空をあはれぶや＝空に魅了されたのか。

11下・古語―夕かげの＝暮れてゆく薄明かりの。
　〃　―木末＝梢のこと。
　〃　―去にけり＝過ぎ去ってしまった。
12上・詞書―四月、山桜の多い元宇品《もとうじな》の海辺にて（広
　島市南区）。
12中・歌意―草がそよぐ風上の方に、かぐわしいバ
　ラが咲いているらしい。野原のどの辺り
　だろうか。
12下・歌意―雨がやさしく降るので神社に行こう。
　椎の木の古びた幹の苔と語り合おう。
13上・詞書―五月、カラスノエンドウの焙ぜる音。
　古語―焙ぜまごふ＝入り乱れて焙ぜている。
13中・古語―春浅み＝春が浅いので。
13下・語句―小糠ぬ＝「小糠の」の音便。
14中・詞書―神無月、元宇品の海辺にて。

造語―紅う＝紅くなる。ここでは「紅葉する」と、「西陽に照り映える」の二つの意。

14下・古語―いたくな吹きそ＝ひどく吹かないでおくれ。

〃―見む＝見よう

15上・詞書―夕空に月還る。

古語―雲間なる＝雲の間の。

15中・背景―九月、尻深樫は栗の香りを弱くしたような花をつける。二葉山（広島市東区）には国内最大の群落がある。

16上・詞書―三月、天応《てんのう》烏帽子岩の岩頭に立つ（呉市天応）。

背景―ヤシャブシの芽吹きは落葉樹の中で群を抜いて早く、鮮やかな緑色が山肌に眩しい。

語句―春そめにけり＝いち早く春めいて、春を染めているよ。

掛詞―そめにけり―初めにけり／染めにけり

16下・詞書―一月、南西（豊後姫島の方角）の波風猛き日に、室積峨眉山《がびさん》の照葉樹林を巡る（山口県光市）。

17上・詞書―五月、狐瓜木の山の尾に鬱金《うこん》色の椎の花咲く。

語句―黒き木末の萌え出づる＝照葉樹の芽吹く。

17中・詞書―四月の庭にて。

古語―明けぬれば＝夜が明けると。

17下・詞書―五月、金色・銀色の産毛に覆われたシロダモ（クスノキ科の常緑樹）の芽吹きを詠む。
語句―黒森＝照葉樹の暗い森。
18上・詞書―三月、古川の河口にて（広島市安佐南区東原）。
語句―弥生＝ここでは新暦三月のこと。
18中・詞書―冬、椎やクロキなど黒みの強い照葉樹の多い狐瓜木の山の尾を詠む。
18下・詞書―三月、丈の低いヒサカキの小さく地味な花を、林の中に見つける。
19上・詞書―一月、南西（海焼けの見える方角）に海の開けた似島《にのしま》・下高山の頂にて（広島市南区）。
古語―島の山ゆ＝島の山から。
語句―凪ぬ＝「凪の」の音便。
19下・背景―ヤマモモは雌雄異株。椎・楠・タブノキ等と並んで、沿岸部の原生的な樹林を代表する樹のひとつだが、再生力が弱く二次林ではあまり見られない。厳島の照葉樹林や室積峨眉山に多い。
古語―何処へ届けむ＝どこへ届けよう。
20上・詞書―澄み切った霜月の空を仰ぐ。
歌意―十三夜の月もこぼれるような薄い衣（雲）の、虹色に織りなした袖（雲の端）だよ。
20中・詞書―四月、上条の奥の段々畑にて（坂町）。
歌意―姫烏頭の群れ咲く石垣は春の陽に温かく、山の辺では雉が鳴いている。
20下・詞書―十一月、山の辺の小道にて。
歌意―山から下ろす風が心をふさぐので、道の上の櫨の火群（紅葉）に、手ではなく心をかざそう。

21上・詞書―太田川下流、矢口の瀬にて（広島市安佐北区）。

古語―かげ＝姿のこと。

21中・背景―三〜四月頃、落葉樹の冬芽が膨らみ赤みを増すのに対して、落葉前の椎の葉はくすんで黒みを増してくる。

古語―茜立つなへに＝赤味が増すにつれて。

21下・詞書―五月、橙色の榊の芽吹きを詠む。

22上・詞書―正月、似島・下高山の山道にて。

背景―柞はクヌギなどの堅果類の古名で、ここではコナラのこと。一般的には十一月に黄葉するコナラだが、島の山の一部では正月頃まで紅葉している木を見られる年もある。

古語―空青み＝空が青いので。

23上・語句―山散らす＝山の黄葉を散らす。

23中・古語―誰をか誘はむ＝誰を誘っているのだろうか。

23下・歌意―河原辺で摘んだ桑の実で袖を染めた夏は過ぎ去ってしまった、袖の紫色もまだ色褪せないというのに。

24上・詞書―四月、里山に芽吹きの兆《きざはし》（山の芽吹きを「山笑う」と言う）。

語句―花洗ふ＝山桜の花を洗う。

24中・詞書―三月、上蒲刈《かまがり》島・向の集落にて（呉市）。

24下・歌意―夜の月よ、せめて今日だけでも雲に隠れないでおくれ。咲き残りの藤は明朝散ってしまうだろう。

25上・詞書―一月、西に海の開けた鹿島の段々畑にて（呉市倉橋町）。

25中・歌意―段々畑の鹿島の沖の風よ、雲群を払っておくれ。海に沈む夕日を見よう。

詞書―四月、牛田山にて（広島市東区）。

背景―中国地方でよく見られるミツバツツジが、落葉樹の芽吹き直前の明るい林内で咲くのに対して、ヒメヤマツツジは芽吹き後の森の下にひっそりと花をつける。

25下・詞書―四月、アベマキの多い元宇品《もとうじな》の森にて。

背景―落葉樹の芽吹きは赤みや黄みを帯びたものが多いが、アベマキのそれはイタヤカエデ等と並んで特に黄みが強く、陽を受けた姿が空に眩しい。

26上・詞書―一月、潮の引いた厳島の海辺を室浜から須屋浦まで往復する。

歌意―厳島の須屋浦は人が滅多に来ないので、常緑林が神々《こうごう》しくそびえ立っている。

背景―弥山《みせん》の北面を除いて、厳島の植生は赤松とシダの多い乾いた二次林が大勢を占めるが、須屋浦の一角には高い照葉樹林が僅かに残されている。

26中・古語―群れの紛ひの＝入り乱れて群れている。

26下・語句―苦菜＝ここではオニタビラコのこと。

27上・古語―幸あらむ＝幸いがあるだろう。

歌意―鳥に恋い焦がれる天の涙（雨）が流れ続けると、霧のたなびく山面にほととぎすが鳴いた。

27中・古語―尾花＝薄《すすき》の穂。

27下・語句―筏が並みに＝並ぶ筏に。牡蠣筏のこと。

〃　―縹波＝縹色の波。

28上・詞書―緑井権現山から阿生山《あぶさん》へ連なる稜線（広島市安佐南区）を望む。芸備線戸坂駅のホームから見る姿が美しい。

古語―夕されば＝夜が来ると。

〃―星ひとつ得な＝星をひとつ得たい。

28中・詞書―一月の庭にて。

語句―かげ＝陽の当たっている枝。

古語―いや静かなり＝更に静かになった。

28下・背景―六月、山橘（ヤブコウジの古名）は淡紅色の小さな花を、林床の葉陰に寄せ合うようにつける。

29上・詞書―この歌の続きは76ページ上の歌へ。

29中・古語―雨設けて＝雨を待ちわびて。

30上・詞書―二月、忠海《ただのうみ》黒滝山の頂にて（竹原市）。

30下・背景―シロバイは厳島と緑井の宇那木神社（安佐南区）に隔離分布するハイノキ科の照葉樹。照葉樹は落葉樹に比べて芽吹き後の柔らかい緑の時期が長いが、シロバイはその期間がひときわ長く、瑞々しい若葉色が梅雨の雨に眩しい。

古語―匂へ＝鮮やかに映えろ。

31上・詞書―家持の雲雀の歌（うらうらに照れる春日に…）を知る前に詠んだ歌。

31中・古語―夕星＝宵の明星、金星のこと。

語句―褐色＝濃い藍色。

31下・詞書―この榎は伐られてもういない。

32下・古語―かそけき＝かすかな。

33中・詞書―一月、遠浅の厳島・室浜にて。

33下・古語―月籠り＝陰暦の月の末日、月のない夜。

〃―月の背向ひに＝月と背中合わせに。

34上・歌意―ほととぎすが鳴いているのは、見上げる山面のどの辺りだろうか。ここ出江《いづえ》の谷にはネムの花が咲いている。

34中・詞書―この歌の続きは69ページ下の歌へ。

掛詞―いづへ┬(鳴くなるは)何処《いづへ》
　　　　　　└出江

34下・古語―風にな靡き=風に流されないでおくれ。

造語―真に見む=はっきりと見よう。

35上・詞書―一月、厳島・御床浦近くの、潟湖を持つ浜辺のひとつにて。

古語―里遠み=里から遠いので。

35中・語句―花誘ひ=桜が咲くのを誘って。

36上・詞書―三月、下蒲刈《かまがり》島・三之瀬から対岸の上蒲刈島を見渡す(呉市)。

語句―光ぬ=「光の」の音便。

古語―李の匂ふ=李の花が映える。

36下・詞書―四月、荊(サルトリイバラ)の小さく地味な花を詠む。

歌意―冬になると紅い実を結ぶ荊の花。「また後で逢おう」と語り合って別れる。

37上・古語―蝉の紛ひの=蝉の鳴き騒ぐ。

語句―風澄みわたり来る=一面に澄んだ風が渡って来た。

38上・詞書―槻(欅)の芽吹きと弥生十三夜の月。

38下・詞書―一月、荒波寄せる室積峨眉山《がびさん》の岩崖にひとり咲く浜昼顔を偲ぶ(山口県光市)。

古語―去年見てし=去年見た。

〃　―今もか咲くらむ=今も咲いているだろうか。

39上・語句―小春陽=陰暦十月の暖かい陽差し。

古語―匂ふは＝照り映えているのは。
39下・詞書―皐月末日の天気雨。翌日梅雨が明けた。
古語―月籠り＝陰暦の月の末日。
〃―雨の紛ひの＝天気雨の。
40上・歌意―林床の山菅（ジャノヒゲの古名）の円らな瑠璃色の実は、冬が更けても色褪せないで欲しい。
40中・詞書―四月、里山芽吹く。この歌の続きは70ページ上の歌へ。
造語―千色顕つ＝鮮やかな色とりどりの。

第二章　たたなづく声

42上・詞書―五月、小川《こがわ》源流シナノキ谷を遡り、県境稜線を広高山《ひろこうやま》・後冠山へ登る（廿日市《はつかいち》市吉和）。
42中・詞書―四月、ミヤマカタバミ咲く比婆《ひば》御陵《ごりょう》の横手道にて（庄原市西城町六の原）。
語句―枯れ色の＝芽吹き前の。
42下・詞書―四月、山桜咲く八幡《やわた》川《ごう》（三段峡上流部）にて（北広島町（旧芸北町）樽床）。
語句―黒床＝流れの側の黒い岩床。
古語―舞ひつつ＝しきりに舞っている。
43上・詞書―八月、山高く空広き才乙《さようと》の里にて（北広島町）。

歌意―「この里は美しいか」と訊いたなら、「そうだ」と答えるだろう。その才乙の稲波を渡る風の清々《すがすが》しいこと。

掛詞―さようと ┬「さよう」と（答ふ）
　　　　　　　└才乙

43下．詞書―八月、栃の実散らばる道川三の谷（奥匹見峡）にて（益田市匹見町）。

44上．詞書―七月、大神山《おおがみやま》神社より宝珠尾根を経て、伯耆大山剣《けん》ケ峰へ登る。なおこの道は崩落が激しく、現在は登山禁止となっている。

歌意―伯耆の国の剣が峰に登り立ったので、西からたくさんの雲が湧いて来ないでおくれ。山陰・山陽八ヶ国を見晴らそう。

語句―八雲 ┬西（出雲の方角）から湧く雲
　　　　　└たくさんの雲

44中．詞書―五月、苅《かり》尾《お》山《さん》にて（北広島町八幡）。

古語―たたなづく＝幾重にも重なる。

〃 ―打つなる＝木を打つのが聞こえる。

44下．詞書―十二月、狭い領域に炭窯跡の多く残る葦嶽山《あしだけやま》の沢道にて（庄原市本村《ほんむら》・野谷）。

背景―梓（ミズメの別名）の樹肌は光沢のある銀色で、西陽によく映える。

古語―かげ＝陽の当たった幹。

45上．背景―アカショウビンは初夏に深山の森に渡って来るカワセミの仲間で、そのさえずりは数キロ先まで届く。

古語―山響む＝山に響きわたる。

45中．詞書―人の通わぬ道なき沢にて。

歌意―去年見た滝の側の芽生えは流されても
う居ないが、最初で最後に見た人間であ
ろう私は、お前のことを忘れはしない。
45下．古語―巌＝大岩のこと。
46上．詞書―一月、感応山《かんのうざん》の頂にて（広島市佐伯区
湯来町湯の山）。
古語―いささ風にもそよごらし＝僅かな風に
もそよいでいるのは、ソヨゴの実らしい。
46中．詞書―七月、山ちさ（イワタバコの古名）咲く。
歌意―大谷の滝の岩壁《いわかべ》に咲く山ちさの、紫色
の儚いこと。人知れず咲いてほしい。
46下．詞書―三月、可部《かべ》冠山の頂よりタムシバ（ニオ
イコブシ）の多い可部の山々を見晴らす
（広島市安佐北区）。
語句―籠り出で来て＝冬籠りから出て来て。

47上．詞書―十二月、東郷山の頂稜より空を背に、
栂とアシウスギの巨木群れ立つ北面の森
を見渡す（広島市佐伯区湯来町）。
背景―登る山が高いほど、空の端は遠くなり
白みを増してくる。常緑樹の深い緑は、
青い空よりも雲などの白い色の方がよく
映える。
造語―襲ぬる（襲ぬ）＝着物の「襲《かさね》」のように
色を美しく組み合わせること。
47中．古語―石走る＝「垂水」に掛かる枕詞。垂水と
は滝のこと。
語句―瑞＝山菜のウワバミソウの別名。
47下．詞書―十一月、天狗石山南西面の、深山《みやま》から
ホン峠《たお》へ向かう横手道の跡にて（北広島
町大暮《おおぐれ》）。

古語―虫のかそけさ＝虫がかすかに鳴いた。

48上・語句―故りにし森＝原生林のこと。

48中・歌意―高い山に霧が立ち籠めている。その霧で赤銅色に濡れた天杉の枝垂れた枝は、地面に根を生やして立っている。

背景―天杉は天然の杉であるアシウスギの別名。その枝垂れた枝が斜面に接すると、そこから根を出し独立した幹となる。吉和冠山の周辺、莇尾山、柴木川《しわぎごう》（三段峡）、安蔵寺山《あぞうじやま》などに多い。

48下・詞書―十月、ミズナラの多い掛津山西面の道なき森を登る（北広島町八幡）。

49上・詞書―四月、高野水木とキブシ（共に釣鐘型の黄色い花を穂状につける）の花が谷を埋める内ヶ倉林道にて（安芸太田町鹿籠《かろう》頭《ず》）。

歌意―高野水木の花が内ヶ倉の谷を染め上げて、春を告げる黄金の鐘を打ち鳴らしている。

掛詞―うちがくら―（鐘を）打ち／内ヶ倉

49中・詞書―七月、カワラナデシコ咲く砥石川山《といしごうやま》の芝原にて（安芸太田町横川《よこごう》）。

歌意―撫子が咲く山野の蜻蛉風よ。やって来る秋（の紅葉）と競い合い、（黄色い服に）重ね着をして赤く染まれ。

背景―夏にはまだ黄色い赤とんぼの身体も、秋と共に赤くなっていく。

造語―蜻蛉風＝風に舞う蜻蛉の群れ。

掛詞—きそひて—競ひて
　　　　　　　　着襲《きそ》ひて（重ね着をして）

49下．詞書—三月、かつては小学校もあった中野谷
　大鍛冶屋（鈩《たたら》製鉄の関連施設）の跡にて
　（三次《みよし》市（旧君田村）櫃田《ひった》）。
古語—摘む人のなく＝摘む人もいない。

50上．詞書—七月、サワグルミの高木群れ立つ高井《こうい》
　谷を遡り、高井山へ登る（益田市匹見町
　三葛《みかづら》）。
古語—辿りしかば＝遡って行くと。
語句—水の初め＝源流の初めの一滴。

50中．詞書—四月、人かげ疎らな吾妻山井尻谷にて
　（庄原市比和町石ヶ原）。
造語—円らき（形容詞）＝円らな。
古語—森を深みと＝森が深いから。

50下．造語—高つ尾＝高山の稜線。

51上．詞書—五月、亀井谷からブナの巨木群れ立つ
　恐羅漢山《おそらかんざん》台所原へ登る（益田市匹見町）。

51中．詞書—二月、セリバオウレン咲く津和野往還
　跡の沢道にて（廿日市市（旧佐伯《さいき》町）栗栖）。
古語—道開けね＝道を開けておくれ。
〃　—我を待つらむ＝私を待っているだろう。

52上．詞書—カゴノキの神木が杜をなす、野冠の河
　内神社にて（広島市安佐北区安佐町）。
歌意—野冠の社にいらっしゃるカゴノキ。そ
　の籠に摘み取って積んで行きたいものだ、
　山や川を。
掛詞—かごの木—鹿子の木
　　　　　　　　籠

掛詞―つみて┬摘みて
　　　　　　└積みて

52中・詞書―五月、小川《こがわ》源流シナノキ谷にひとり咲く山葵を詠む（廿日市市吉和）。

古語―うつくしき＝可憐な。

52下・詞書―七月、鉄滓《かなくそ》（鉧製鉄の廃棄物）の散らばる道にコアジサイ咲く、土打峠《つちうちたわ》越えの木《きん》馬道《まみち》跡にて。指谷《ゆびたに》から出雲国奥小田へ越える道（庄原市高野町高暮《こうぼ》）。

53上・詞書―七月、伯耆大山・宝珠尾根の岩場にて鳥たちの交響曲《シンフォニー》を聴く。三方を山壁に囲まれており、こだまの響きが素晴らしい。

歌意―岩尾根の周りのあらゆる方角で、いろいろな鳥たちが山を響かせて、盛んに鳴いている声よ。

53中・歌意―雪解の水で沸き立つ谷川の瀬の、薄翠色で染められる衣があったらなぁ。

53下・詞書―十一月、瀬戸滝を越えて、瀬戸谷の奥に玉垣の遺る木地屋跡を訪ねる（廿日市市吉和）。

語句―八重むす苔の石＝厚く苔むした石。

54上・詞書―八月、大龍頭《おおりゅうず》（龍頭とは滝のこと）を越えて道川三の谷を遡り、野田原《のたのはら》の頭《かしら》へ登る。山頂手前で熊の親子に逢い引き返す（益田市匹見町）。

歌意―源流の水が清らかなので染まったのだろうか、滝の側に咲くソバナの淡紫色は。

掛詞―そばな┬（滝の）側
　　　　　　└蕎麦菜

54下・詞書―十一月、アズキナシの高木並ぶ市間山の頂にて（安芸太田町田吹）。

背景―アズキナシは落葉後の梢に小さな赤い実を鈴なりに付ける。

造語―深山尾＝深山の稜線。

55上・詞書―九月、山肌に鉄穴《かんな》流し跡（鉧製鉄の関連遺構）の残る雲月山《うつつきやま》の芝原にて（北広島町（旧芸北町））。

歌意―秋風が薄《すすき》の穂波を打っている。その雲月山の遮るもののない空に、浮雲が遥か。

掛詞―うつつき―（風が）打つ
　　　　　　　└雲月

55中・歌意―この森が安らかなので、奥山の瀬のささやく歌はずっと絶えることがない。

55下・詞書―十月、指谷より土打峠を経て、ブナの大木並ぶ土打山（九〇五メートル）へ登る。

雲備国境の稜線に山頂まで踏跡がある。

語句―山刀目＝木に山刀で刻まれた印や文字。

56中・詞書―七月、白いササユリが一面に咲く十方《じっぽう》山頂の笹原にて（廿日市市吉和）。

56下・詞書―四月、本多田《ほんただ》川の山桜を詠む（広島市佐伯区湯来町）。

古語―花の匂ひに＝花の色に。

57上・詞書―中国山地で最も遅い芽吹きの季節が道後山のミズナラにも訪れる頃、空はもう夏色で入道雲の白が眩しい（庄原市東城町三坂）。

57中・詞書―八月、或る道なき険しき谷にて。

歌意―谷を遡ってこの山深い処へやって来た。黄釣舟の花は手折らないでおこう、熊の子のために。

掛詞―きつりふね―┬(山深へ)来つ
　　　　　　　　└黄釣舟

57下．詞書―五月、大規模な炭窯跡の多く残る広見川(裏匹見峡)にて(益田市匹見町)。

58上．古語―鳴きつつ＝しきりに鳴いている。

詞書―四月、久芳《くば》鷹ノ巣山の一角に僅かに残る、ブナの大木の疎林にて(東広島市福富町久芳)。

背景―堅香子(カタクリの古名)など春の草花の多くは、落葉樹が芽吹く直前の明るい林床に花をつける。

語句―淡き日に＝淡いうちに。

58中．詞書―十方山大谷川《おおたにごう》の大岩を厚く覆う苔を詠む(廿日市市吉和)。

古語―羨ましさよ＝羨ましいことよ。

古語―還るべき森のあらなく＝還ることのできる森はない。

59上．詞書―奥山に卯月来ぬ。

59中．詞書―たまたま猿政山の麓に幕営し、蛍の乱舞に逢う。もう二〇年以上も前のことでこの谷は植林が進み、今でも蛍が見られるかは分からない(庄原市(旧比婆郡)高野町湯川)。

歌意―比婆郡の奥の、猿政山の瀬での野営の夜。蛍の群れ舞う夜が今も変わらずあって欲しい。

59下．背景―山鳥は高山の森に棲む雉の仲間で、人が知らずに近づいて行くと、すさまじい羽音を立てて飛び去る。

語句―山百合＝ここではウバユリやササユリ

などの山に咲く百合の総称。

60上・詞書―五月、広見川（裏匹見峡）にて（益田市匹見町）。

歌意―いろいろな鳥の鳴き騒ぐ森が広いので、広見川のささやく瀬々はこんなにも清らか。

掛詞―ひろみ川 ┬（森を）広み
　　　　　　　└ 広見川

60下・背景―六月、マタタビの葉は朝顔のように表皮が剥離して白くなり、暗い森の中で花のように目立つ。

古語―山深み時じく陰る＝山が深いので、いつも陰っている。

61上・詞書―七月、大谷川を遡り十方山へ登る。

歌意―山ほとの繁みに分け入って、山の産道（谷）を遡って行くと、登り着いたそこは高山の草原。

造語―山ほと＝山のほと（陰部）、谷の入り口のこと。

61中・詞書―五月、ナグワカジカガエル鳴く南桑の里にて（岩国市美川町）。

古語―名美しき＝名前の美しい。

61下・詞書―五月、安蔵寺山《あぞうじやま》に幕営し早朝の稜線をひとり歩く（益田市匹見町）。

造語―深山尾＝深山の稜線。

古語―鳴きつつ＝ずっと鳴いている。

62上・詞書―八月、谷深く空狭き道川三の谷にひとり幕営す（益田市匹見町）。

歌意―源流の瀬音が清々しい野営の夜。この山陰に月の姿があったらなぁ。

62中・古語―なつかしみ居り＝心惹かれて離れられない。

62下・詞書―八月、比婆毛無山の芝原にて（庄原市西城町六の原）。

背景―晴れの日は朝夕にのみ開く夕菅の花を、曇りの日には昼間も見ることができる。

古語―雲紛ふ＝雲が乱れ飛ぶ。

63上・詞書―十一月、尺田の里・不寒原《ひえずばら》にて（庄原市西城町熊野）。

歌意―神無月の山の風にも身体は冷えない。不寒原の山の黄葉が照り映えるので。

造語―神無月く＝「神無月の」の意。四段動詞の連体形。

掛詞―ひえずばら
- （風にも）冷えず
- 不寒原

63中・歌意―岩を背負うかのように岩壁《いわかべ》に生えて、流れに指し向く石楠花の片袖花を滝よ、濡らさないでおくれ。

掛詞―磐おひて
- 磐負ひて
- 磐生ひて

造語―片袖花＝幹の片側にだけ枝葉の付いた木の、その花。

63下・詞書―飯山《いいのやま》鬼ヶ城山の人の通わぬ大岩を詠む（廿日市市（旧佐伯町）飯山）。なお「城《じょう》」とは本来は「獣の棲む岩穴」を指す方言。

歌意―奥山の、鬼の城のような岩の家の地面には、古落葉と黄葉とが厚く降り積もっているよ。

掛詞―ふる黄葉
- 故る黄葉（昨年までの落葉）
- 降る黄葉（今年の黄葉）

64上．詞書―六月、大万木山《おおよろぎやま》にて（飯南町《いいなん》頓原）。
歌意―奥山の真っ直ぐな楢に絡み付いて、蔓あじさいの花が高々と飾り立てているよ。
造語―直ぐしき＝形容詞「直ぐし」の連体形。
64下．詞書―十月、深入山《しんにゅうざん》にて（安芸太田町蔵座）。
古語―さはに＝たくさんに。
65上．詞書―六月、つみ（ヤマボウシの古名）の花咲く。
歌意―山の乙女の白い衣かと思ったらそうではなく、森の中に遠くつみの花が見える。
65中．詞書―四月、十方山瀬戸谷にて。
古語―青垣＝山のこと。

第三章　地を這ふ鳥の歌

68上．詞書―五月、瀬戸谷黒ダキ山（一〇八五メートル）の頂に並ぶベニドウダンの大木を偲ぶ（廿日市市吉和）。
歌意―夢の中でならまた見ることがあるだろうか。石峰に咲く燈台の、その紅の花を。
68中．詞書―十一月、槻（欅）の多い高山川（宇賀峡）の森を想う（広島市安佐北区安佐町）。
歌意―山風が里にもひどく吹いて来たので、宇賀峡の欅たちは今日あたり散っているだろうか。
68下．歌意―この身に来世があるのなら教えてほしい。いつ逝くのだろうか（早く逝きたい）、生まれ変わって山へまた行こう。

69上・歌意―激流を越えて行こう。渡る石やつかまる石がなくても、立つ瀬があるのなら越えて行こう。

69中・歌意―梅雨の雨にも濁らない、深山の谷の川淵のような翠色が、私の心にも欲しい。

69下・古語―逝きしか＝逝きたい。

70上・古語―刻みてむ＝刻み込もう。

〃　―我知らなくに＝私は知らないのだから。

70中・詞書―和歌にノキシノブが歌われていることを知る前に詠んだ歌。岩船岳は厳島の町から往復十数キロの道のり。

歌意―岩船岳の岩崖に生えていた緑のノキシノブ。遠く長い山道を偲びながら、病に臥している私。

語句―岳＝「岩の崖」の方言。

70下・歌意―命を絶つのは少し待とう。秋が盛りになれば、金木犀の花が匂い立つだろう。

71上・古語―翼もて＝翼で。

71中・古語―糸なす＝糸のような。

語句―糸の蜻蛉＝糸とんぼのこと。

71下・詞書―この歌は二つの意味を持つ。

掛詞―ことも無く ┬ 言も無く
　　　　　　　　└ 事も無く

（語る言葉もできる事もなく、の意。）

古語―誰か知るらむ＝誰が知っているだろうか。

72上・歌意―命を終えた桜の花が風に舞っている。散ろうとしているこの身に遺る魂があるのなら、今日のような春の風の中に（動けなかった身体の分まで）いつまでも自由に舞うがいい。

72中．詞書―九月、雁草咲く福田頭《ふくだがしら》の沢を偲ぶ（庄原市比和町）。

背景―雁草は雁の姿に似た美しい花をつける。

古語―翼もて＝翼に乗って。

〃　―巡らな＝巡りたい。

73上．詞書―三倉岳の頂に群れ立つ天然の檜を想う（大竹市栗谷）。

歌意―（道や状況が）険しくとも、（険しい岩山の）三倉岳の檜のようであれ。その石根に生えて揺るぎない如く。

語句―岳＝「岩の崖」の方言。

造語―石根＝岩の根っこ。露岩や巨岩のこと。

73中．詞書―五月、太田川の堤防を走る車にて。

73下．古語―激つ瀬＝激流のこと。

74中．詞書―八月、偶然訪ねた道なき沢で出逢った、満開のキレンゲショウマを偲ぶ。

74下．歌意―かりそめのこの身など惜しくはない。魂が体を離れたなら、山を渡って行く風になるだろう。

75上．詞書―「磐に夢を穿つ」には二つの意味がある。

古語―涙もて＝涙で。

75下．歌意―もし叶うなら、山の清水を一滴でいいから、臨終の私に掛け与えてほしい。

76上．古語―黄金なす＝黄金のような。

〃　―嘆かめやも＝嘆くことがあるだろうか。

76中．詞書―九月、柏原山《かしわらやま》の芝原に咲くワレモコウを想う（北広島町（旧芸北町）荒神原）。

古語―今か咲くらむ＝今咲いている頃だろう

か。

古語―心あらば＝心があるのなら。

76下．歌意―身体が痛いので寝られない私をほととぎすよ、決して憐れむな。お前が鳴くとますます夜が悲しくなるよ。

78上．古語―拾へぬ身もて日を累ね＝拾えない身で日々を生きて。

78下．歌意―（生まれ変わって）廻っていくはずの命も散らしてしまおう。私が思い焦がれる森へ行きめぐる夢が叶うのならば。

79上．歌意―鳥であった私が地上に墜ちて、飛ぶための羽を失ったので、根を生やし木となって花を咲かせよう。

79中．詞書―武田山から大茶臼山へ続く稜線（広島市安佐南区）の奥に隠れた、雪の西中国山地を想う。

古語―待たな春べを＝春を待とう。

79下．歌意―世間から隔絶されて、あるかないか分からないような身で、それでも生きる。見るにふさわしい夢がさらに大きくなっていくから。

80上．歌意―どうして絶やすことができるだろうか。絶えようとしている身の、野に咲く小さな花に寄せる思いを。

80中．歌意―かりそめのこの身が尽きたなら呼子鳥よ、私の魂をお前のいる山のまほらへ呼び帰してくれ。

背景―呼子鳥は万葉歌に多く歌われ、人を呼び寄せる能力があるとされた。

古語―まほら＝とても素晴らしい処。

80下・詞書―この歌は三つの意味を持つ。
歌意―深い山の一人静が静かに散ってゆく、
その逝く春を誰が止められるだろうか。
81上・造語―顕つ＝際立つ。
81中・古語―清けかりこそ＝美しいものでありたい。
81下・背景―ミズナラは中国山地の二次林を代表する樹のひとつだが、産毛に覆われた芽吹きの柔らかさは例えようもない。八幡《やわた》や樽床（北広島町）の周辺には純林に近い二次林も多い。
古語―夢のみにして＝夢の中でだけ。
82上・古語―語るべき声失へば＝語るための声を失ったので。
〃　―たたなづく＝幾重にも重なる。
82中・詞書―十一月、山の辺の小道にて。啄木の青

柳町の歌を知る前に詠んだ歌。
歌意―まもなく消えてしまう草の露が大空をいっぱいに映し込んで輝いているように、私の魂もこの美しい自然《せかい》をいっぱいに映し込んで生きてゆきたい。
掛詞―たまの露―┬玉の露
　　　　　　　└魂の露

空に遺すことば

心の根っこ

私が生まれるずっと前から
死んだ後もずっと
身の軋みに呻く時も
顔を上げて歩く時も
山川のすがたは

移ろいながら
しかし変わらず
いつもそこにある

私は
自然《かれら》の中の
命のひとつ

しごと

もし明日私が死んでも
それがどんなにひどい最期でも
私は不幸ではありません
なぜなら
私は自分を

不幸だと思っていないからです
朽ちかけた身の私には
私のための仕事がある

冬

冬は冷たく厳しい
けれども
目を澄ませばそこに
冬にしかない美しさが
見えてくる

その美しさを
心に映して
冬を生きてゆこう

絵筆

重く、終わりのない
身の苦しみの中にある人には
他の人が決して持てない
力が与えられている
幾重にも折り重なる

断絶と孤独の中にある人には
他の人が決して持てない
強さが与えられている

その身の苦しみと
その断絶の中にある私には
どれだけの力と

どれだけの強さが
与えられているだろう
それを絵に描く
筆があったなら
人はどれほど
驚くだろう

恵み

空と
陽《ひかり》と
森と
水と

私が
ひとかけらの恵みも与えない
これらのものから
私は
どれだけの恵みを
与えられているだろう

私の全てを

笑顔

日に幾度《いくたび》
鏡に向かって笑顔をつくる
微笑みかける相手がいなくても
痛みに顔がゆがんでも

今日生きていることの証《あか》しに
鏡に向かって笑顔をつくる

お月さん

三日のお月さん、こんばんは
今日はほんとにしんどくて
歩くのもやっとだよ
でも、何より
君に逢えて嬉しいよ

お月さん、また明日

十四日のお月さん、こんばんは

今日は少し楽に歩けて

風がおいしいよ

君は明日から

夕焼けを見られなくなって

残念だね
お月さん、また明日

月がこんなに輝いて見えるのは
きっと
数えきれない
ひとりひとりが

月に

語りかけているから

生き切る

どんなに道が険しくても
どんなに嵐が強くても
前を向くことしかできない

私の身体も

私の命も
私のものではないのだから

祈り

自然《せかい》はすべて美しい
目を澄まし
耳を澄まして
光と水の紡ぎ出す
移ろいのなかに

この身をゆだねよう

生きることは

感じること

この心を動かす

全てのものを

胸に抱《いだ》き

慈しむなら
身は土に還ろうとも
心はとこしえに在るだろう
山を渡る風のなかに
谷を潤す流れのなかに

あとがき

私にとってやまとうたは、その出逢いから今に至るまで音楽そのものでした。

私が初めて短歌を意識して聴いたのは、今（二〇一三年）から四年ほど前のこと。たまたまラジオで朗読されていたのが若山牧水の「みなかみ紀行」でした。それは散文の朗読が中心で、読まれた歌は十首くらい。その歌も今となっては記憶にありませんが、自然の情景をこんなふうに短歌で表現できるんだ、というささやかな驚きはよく憶えています。

それから半年ほどして、やはり偶然つけていたラジオから流れてきたのが、万葉集の簡単な解説でした。その時聴いた歌ももう判然としませんが、初めに聴いたのはたしか長歌だったと思います。当然意味もほとんど解らなかったのですが、第一印象は、とにかく美しい。言葉を並べただけでこれほど強く豊かな響きが生み出せるのか、と何か新しい色の光を見たような思いでした。

その後、体調の悪化で本をほとんど読めなくなるまでの数ヶ月の間に触れることのできた万葉歌は二百首ほどでしょうか（そのほとんどは記憶していますが）。それからは、苦しい日々の明け暮れにそれらの歌を暗唱するようになりました。私がこれまでに接してきた歌はほぼこれだけで、近現代の短歌はもちろん（片手の指も余るくらい）、八代集の歌すらほとんど知りません。

そんな古文の「こ」の字も和歌の「わ」の字も知らなかった私が、万葉集という触媒を得たとはいえ歌を詠むようになった、その化学反応にはいくつかの因子《わけ》があります。

そのひとつとしては、私の置かれた社会的・肉体的・精神的な苦境が大きな燃料となっています。もうひとつ、もっと直接的な火種として、私を幾重にも取り巻く断絶という名の、言葉が言葉として意味をなさない世界があります。そのような世界においては、社会的・日常的なことばよりも和歌のような韻文、それも万葉歌のような呪詞性・音楽性の高いことばの方が、ずっと現実的で意味があるのです。

三つ目の要因は、体調面の制約からもう七年ほどの間、大好きな（例えばヴィオールやリュートの古楽や、クーバの古い歌謡曲《ビエハ・トローバ》などの）音楽を一切聴けていないことです。音から隔離された監獄生活がなければ、私の中でことばがこれほど音楽的に響いたかどうか分かりません。

私の歌は、作ろうとして作ったものではありません。二十四時間を身体のケアとリハビリに充てる毎日、まとまって物事を考える余白もほとんど無いなかで、目の前の風景に、或いはかつて見た情景に、ことばが不意に像を結ぶのです。

そのようにしてできた歌が十首ほどになった頃、ふと思いました。山川を詠んだこれらの歌は、自然と自分の魂を結ぶ橋になりうるのではないか、と。つまり、こうして自然への思いを歌という形にしておけば、死後の自分の魂が迷うことなく山川のもとへ行けるのではないか、と。

それから活字にすることもなく歌は増えて（いつでも自由に文字を書くことが難しいために）、四十首ほど、頭の中だけで全てを記憶するのが限界に近づいた頃に、また思いました。もし明日私が死んだら、この歌も死ぬ。歌も私も永遠に居なかったことになってしまう、と。そのことを思うと胸が締めつけられるようで、身を削ってでもこの歌を遺さなければ、という抗いがたい声が私を責め立てるのです。

さあ、それからが大変です。頭の中にできた歌の、五音なり七音なりをノートに書きなぐるのが数日後。それを一～数ヶ月に一度、体調を著しく悪化させながら数十首ずつ活字にしていきます。全ての歌をとりあえず活字にできたのは、作業を始めてから二年後のこと。詞書や訳などの註釈を付けるのはもっと大変でした（この言葉足らずの「あとがき」も、活字にするのに数ヶ月かかりました）。

このようにして形となった「山川のための歌」が、とりあえず明日の命の心配がない人びとの耳に、世に無数にある音やことばのひとつとしてどのように聴こえるか、私には想像もできません。

けれどもたった一人でいい、この歌が誰かの微笑みを誘うことがあったなら、私も苦労した甲斐があったと言うものです。そうしてそのささやかな波が、歌という梢から、その根っこにある「言ふべきかたなき」自然《せかい》へと広がってゆくなら、これに勝る幸いはありません。

二〇一三年十二月

この歌集の出版に当たり、牧歌舎の竹林哲己さん並びに家族をはじめ、御協力と応援を頂いた全ての方に厚くお礼を申し上げます。

この歌集には当初、全ての歌の朗読を収めたCDを付ける予定でしたが、いくつかの事情により断念しました。いつの日か歌の朗読が作品として世に出ることを願っています。

体調面の制約から、頂いたお便りへの速やかな返答は難しいことを予めお断りした上で、ご感想などをお待ちしています。(E-mail:sayloc1020@gmail.com)。

毎月、季節の歌に写真などを添えてウェブサイトにて公開しています。この歌集に未収録の歌も多数掲載しています。詳しくは「幡野青鹿」か「やまとうたごよみ」で検索して下さい。

(http://yamatouta.jimdofree.com/)

【著者紹介】

幡野青鹿（はたの・せいろく）

1975年、広島市生まれ。

25歳の頃より、中国山地のブナ林から瀬戸内の島々まで、広島の多様な自然をひとり歩くようになる。

30歳の時に交通事故のリハビリの失敗等が重なり、筋肉と血流の自律神経系疾患を発症する。

現在、安定的に立つことや長時間座ること、横になることが難しいため、文の読み書き等も間隔を空けて短時間しかできないなど、24時間を歩行等のリハビリと身体のケアとに充てる毎日を送っている。

うつろひのおと

2020年8月3日　初版第1刷発行
著　者　幡野青鹿
発行所　株式会社牧歌舎 東京本部
〒101-0064　東京都千代田区神田猿楽町2-5-8 サブビル2F
TEL 03-6423-2271　FAX 03-6423-2272
http://bokkasha.com　代表：竹林哲己
発売元　株式会社星雲社（共同出版社・流通責任出版社）
〒112-0005　東京都文京区水道1-3-30
TEL 03-3868-3275　FAX 03-3868-6588
印刷・製本　藤原印刷株式会社

ISBN978-4-434-23661-7　C0092